KB264497

내 꺼야 !

Leo Lionni
IT'S MINE

© Anderson Press, London 1985

Translated by SEO Myong-Hui
© Benedict Press, Waegwan, Korea 1987

내꺼야!
1987년 4월 초판 | 2007년 7월 10쇄
옮긴이 · 서명희 | 펴낸이 · 이형우
ⓒ 분도출판사
등록 · 1962년 5월 7일 라15호
718-806 경북 칠곡군 왜관읍 왜관리 134의 1
왜관 본사 · 전화 054-970-2400 · 팩스 054-971-0179
서울 지사 · 전화 02-2266-3605 · 팩스 02-2271-3605
www.bundobook.co.kr
ISBN 89-419-8711-3 04840
값 5,000원

내 꺼 야 !

레오 리오니 지음
서 명희 옮김

분 도 출 판 사

무지개 연못 한가운데
작은 섬이 하나 있었습니다.
못가에는 반들반들한 조약돌들이
깔려 있었고,
고사리과 식물과 잎이 넓은 잡풀들이
우거져 있었습니다.

그 섬에는 툭하면 싸우는
개구리 셋이 살았는데,
이름은 돌이와 철이와 순이였습니다.
그들은 날이 샐 때부터 어두워질 때까지
공연히 옥신각신 말다툼을 했습니다.

"연못에 들어오지 마!
이 물은 내꺼야."
돌이가 외쳤습니다.

"그 섬에서 나가!
그 땅은 내꺼야."
철이가 외쳤습니다.

“공중은 내꺼야!”
순이가 나비를 잡으려고 팔짝 뛰면서 소리쳤습니다.
그런 식으로 계속 싸웠습니다.

하루는 커다란 두꺼비가 나타나서 말했습니다.

"난 섬 건너편에 살아. 그런데 온종일 '내꺼야! 내꺼야! 내꺼야!'

하는 소리가 들려. 너희들이 끊임없이 말다툼을 해 대서 평안할

날이 없다구. 계속 이러고 살 수야 없잖니!"

그러고는 천천히 돌아서서 풀숲으로 껑충 뛰어 사라졌습니다.

두꺼비가 떠나자마자, 돌이가 커다란 지렁이를 물고 달아났습니다.
철이와 순이가 좇아가며 외쳤습니다. "벌레는 모두꺼야!"
그러나 돌이는 싸울 듯이 개골댔습니다. "이건 아냐. 이건 내꺼야!"

갑자기 하늘이 어두컴컴해지면서,
멀리서 천둥 소리가 울려 오며
섬을 휩쌌습니다.
빗줄기가 하늘을 메우더니
연못이 흙탕물이 되었습니다.
물이 불어나면서 섬을 삼켜
섬은 점점 작아져 갔습니다.
개구리들은 겁이 덜컥 났습니다.

그들은 거세게 출렁이는
시커먼 물 위에 아직 솟아 있는
몇 개 안 되는 미끄러운 바위에
절망적으로 매달렸습니다.
그러나 곧 이 바위들은
사라지기 시작했습니다.

연못에는 바위가 하나밖에 안 남았습니다.
개구리들은 그 위에 웅크리고 앉아
춥고 겁이 나서 덜덜 떨고 있었습니다.
그러나 이제는 함께
같은 무서움과 희망을 나누고 있기에
한결 마음이 든든했습니다.
조금씩 물이 빠졌습니다.
비가 보슬보슬 내리더니 완전히 멈추었습니다.

그런데 보셔요!
그들을 구해 준 그 큰 바위는 정말은 바위가 아니었답니다.
"네가 우리를 구해 줬구나!"
개구리들은 두꺼비를 알아보자 외쳤습니다.

다음날 아침, 물이 맑아졌습니다.
햇살이 연못 모래 바닥에서 노니는
은빛 송사리 떼를 뒤좇아 다녔습니다.
개구리들은 즐겁게 물 속으로 뛰어들었습니다.
그리고 나란히 헤엄치며 섬 둘레를 온통 돌아 다녔습니다.

그들은 한데 어울려
하늘에 가득한 나비 떼를 좇으며
팔딱팔딱 뛰어 다녔습니다.

나중에 풀숲에서 쉬고 났을 때,
그들은 전에 느껴 보지 못했던 행복감을 맛보았습니다.

"평화롭지 않니." 돌이가 말했습니다.
"그리고 아름답지 않니." 철이가 말했습니다.
"또 있어. 뭔지 아니?" 순이가 말했습니다.
"몰라, 뭔데?" 돌이와 철이가 물었습니다.
"**우리**꺼야!" 순이가 말했습니다.

It's Mine!

In the middle of Rainbow Pond there was a small island. Smooth pebbles lined its beaches, and it was covered with ferns and leafy weeds.

On the island lived three quarrelsome frogs named Milton, Rupert, and Lydia. They quarrelled and quibbled from dawn to dusk.

"Stay out of the pond!" yelled Milton. "The water is mine."

"Get off the island!" shouted Rupert. "The earth is mine."

"The air is mine!" screamed Lydia as she leaped to catch a butterfly.

And so it went.

One day a large toad appeared before them.

"I live on the other side of the island," he said, "but I can hear you shouting 'It's mine! It's mine! It's mine!' all day long. There is no peace because of your endless bickering. You can't go on like this!" With that the toad slowly turned around and hopped away through the weeds.

No sooner had he left than Milton ran off with a large worm. The others hopped after him. "Worms are for everybody!" they cried.

But Milton croaked defiantly, "Not this one. It's mine!"

Suddenly the sky darkened and a rumble of distant thunder circled the island. Rain filled the air, and the water turned to mud. The island grew smaller and smaller as it was swallowed up by the rising flood. The frogs were scared.

Desperately they clung to the few slippery stones that still rose above the wild, dark water. But soon these too began to disappear.

There was only one rock left and there the frogs huddled, trembling from cold and fright. But they felt better now that they were together, sharing the same fears and hopes.

Little by little the flood subsided. The rain fell gently and then stopped altogether.

But look! The large rock that had saved them was no rock at all.

"You saved us!" shouted the frogs when they recognized the toad.

The next morning the water had cleared. Sunrays chased silver minnows on the sandy bottom of the pond. Joyfully the frogs jumped in, and side by side they swam all around the island.

Together they leaped after the swarms of butterflies that filled the air.

And later, when they rested in the weeds, they felt happy in a way they had never been before.

"Isn't it peaceful," said Milton.

"And isn't it beautiful," said Rupert.

"And do you know what else?" said Lydia.

"No, what?" the others asked.

"It's *ours*!" she said.